# Le calepin picoté avec un canard dessus

Texte : Pierre Chartray et Sylvie Rancourt

Illustrations : Marion Arbona

COLLECTION TROUVAILLES

© 2013 Éditions du Phœnix

Dépôt légal, 2013
Imprimé au Canada

Illustrations : Marion Arbona
Graphisme : Marion Arbona
Révision linguistique : Madeleine Vincent

Éditions du Phœnix
206, rue Laurier
L'île Bizard (Montréal)
(Québec) Canada  H9C 2W9
Tél.: (514) 696-7381    Téléc.: (514) 696-7685
www.editionsduphoenix.com

Catalogage avant publication de Bibliothèque
et Archives nationales du Québec
et Bibliothèque et Archives Canada

Chartray, Pierre, 1959-

Le calepin picoté avec un canard dessus
(Trouvailles)
Pour les jeunes.

ISBN  978-2-924253-11-3

I. Rancourt, Sylvie, 1962-   . II. Arbona, Marion, 1982-   . III. Titre.

PS8605.H385C34 2013     jC843'.6     C2013-941468-1
PS9605.H385C34 2013

Conseil des Arts   Canada Council
du Canada          for the Arts

Nous remercions la SODEC de l'aide accordée à notre programme de publication.
Nous reconnaissons l'aide financière du gouvernement du Canada par l'entremise
du Fonds du livre du Canada pour nos activités d'édition à notre -programme de publication.

Nous remercions le Conseil des arts du Canada de son soutien.
L'an dernier, le Conseil a investi 154 millions de dollars pour mettre de l'art
dans la vie des Canadiennes et des Canadiens de tout le pays.

We acknowledge the support of the Canada Council for the Arts, which last year
invested $154 million to bring the arts to Canadians throughout the country.

Achevé d'imprimer
en septembre deux mille treize  sur les presses
de l'imprimerie Gauvin, Gatineau, Québec

MIXTE
Papier issu de
sources responsables
FSC
www.fsc.org   FSC® C100212

À Pierre, dont j'aime tant les histoires.
MA

Ça sentait bon le gâteau au chocolat, la joie,
et les clémentines sur le bout de mes doigts.
Vieux-Grand-Papa se berçait, les mains jointes
sur son ventre. Il souriait, heureux de participer
à la fête. C'était le jour de mes cinq ans.
Je suis beaucoup plus grande maintenant.

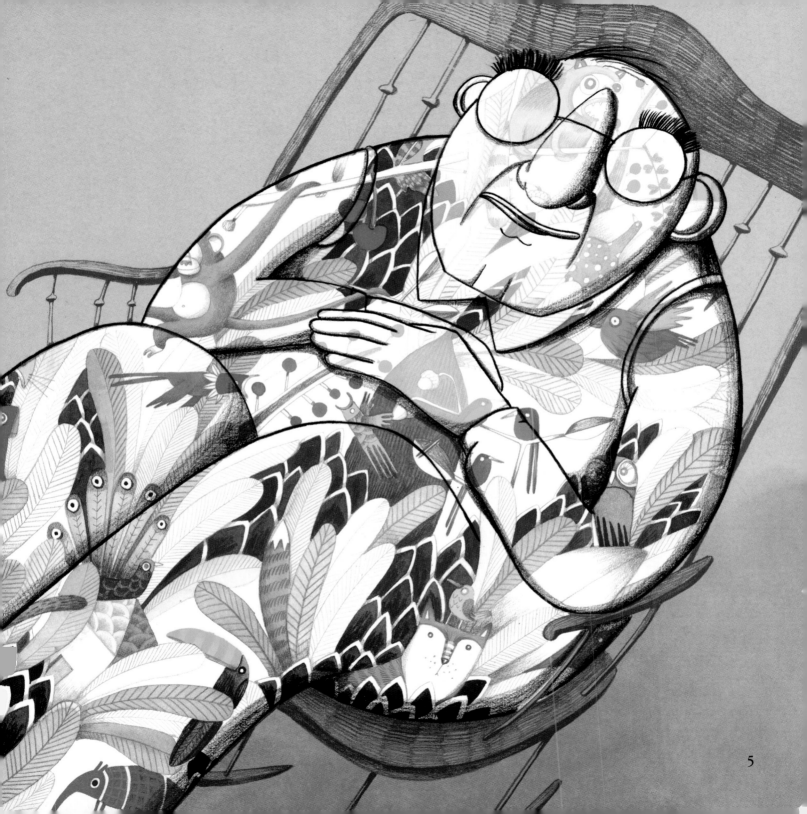

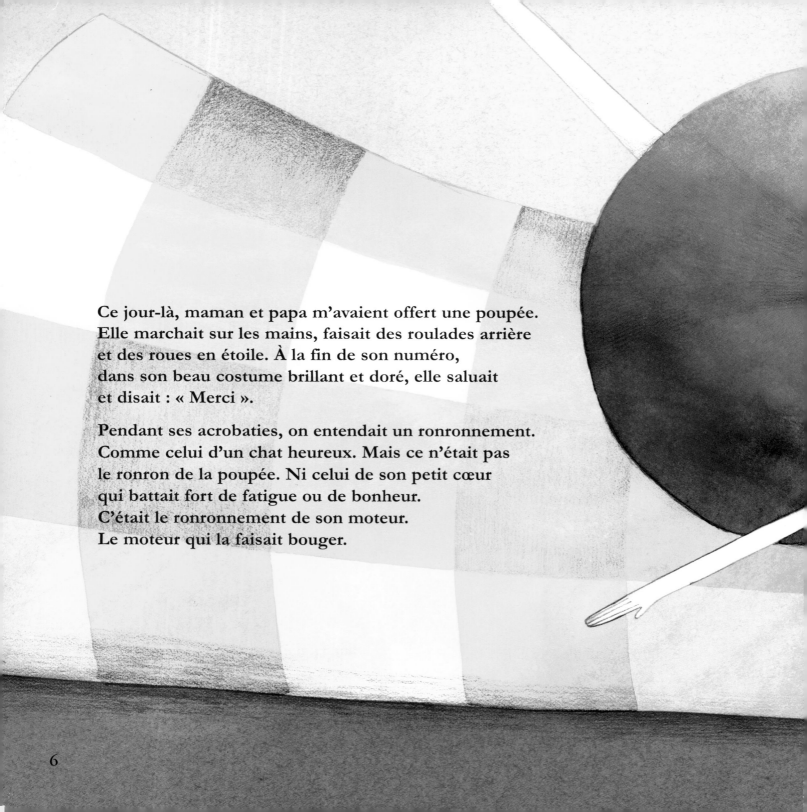

Ce jour-là, maman et papa m'avaient offert une poupée.
Elle marchait sur les mains, faisait des roulades arrière
et des roues en étoile. À la fin de son numéro,
dans son beau costume brillant et doré, elle saluait
et disait : « Merci ».

Pendant ses acrobaties, on entendait un ronronnement.
Comme celui d'un chat heureux. Mais ce n'était pas
le ronron de la poupée. Ni celui de son petit cœur
qui battait fort de fatigue ou de bonheur.
C'était le ronronnement de son moteur.
Le moteur qui la faisait bouger.

Elle m'ennuyait, ma poupée. Elle refaisait toujours
la même chose, sans jamais se fatiguer.
Après quelques jours, je l'ai laissée de côté
et je l'ai complètement oubliée.

Le seul cadeau de mes cinq ans que j'ai gardé,
c'est le calepin que m'a offert Vieux-Grand-Papa.
Vieux-Grand-Papa, c'est le papa d'un de mes
grands-papas. Il était très vieux, sale et jauni.
Pas Vieux-Grand-Papa ! Le calepin. En fait,
c'était un cahier, mais lui, il préférait l'appeler
un ca-le-pin. Alors, pour lui plaire, je disais
un ca-le-pin.

Vieux-Grand-Papa aimait donner des cadeaux.
Rendre les gens heureux et voir briller leurs yeux.
Moi, mes yeux n'ont pas brillé. Je le trouvais
un peu laid. Pas Vieux-Grand-Papa ! Le calepin.

9

Vieux-Grand-Papa s'est approché de moi.
Il a mis sa main ridée sur le calepin.
Puis il a chuchoté : « Je l'ai depuis très,
très longtemps. Presque cent ans. C'est un souvenir. »

Rien n'est plus important qu'un souvenir, m'a dit
maman. C'est le plus précieux de tous les cadeaux.

**Un trésor.**

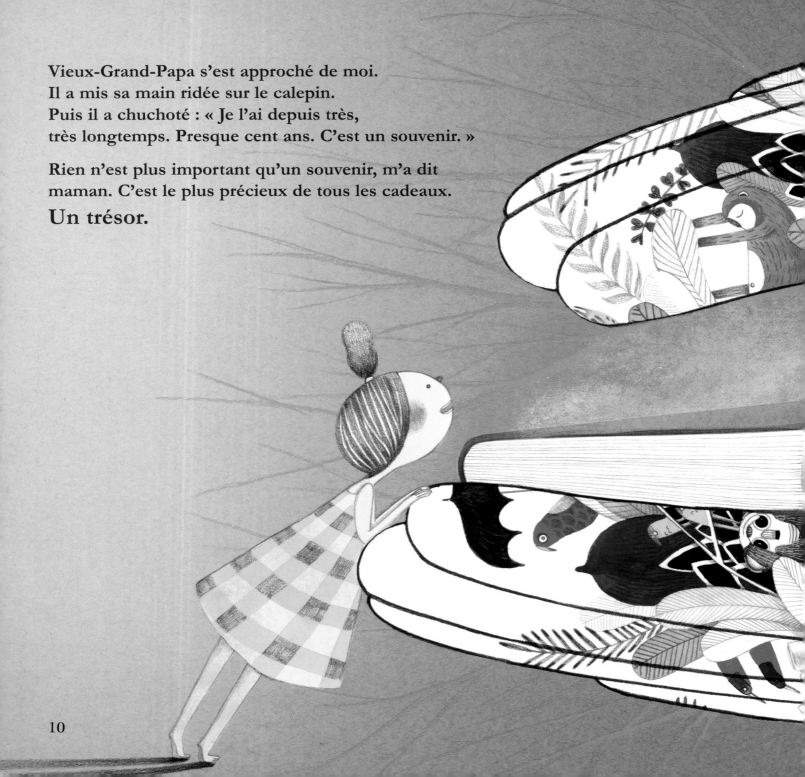

Vieux-Grand-Papa avait oublié plein de choses de sa vie.
Il me donnait son calepin pour que j'y note mes souvenirs.
« Quand tu seras une grand-maman, tu n'auras pas à
attendre que quelqu'un te raconte tes souvenirs.
Tu n'auras qu'à lire ton petit calepin. Et tous les autres
que tu rempliras en grandissant. »

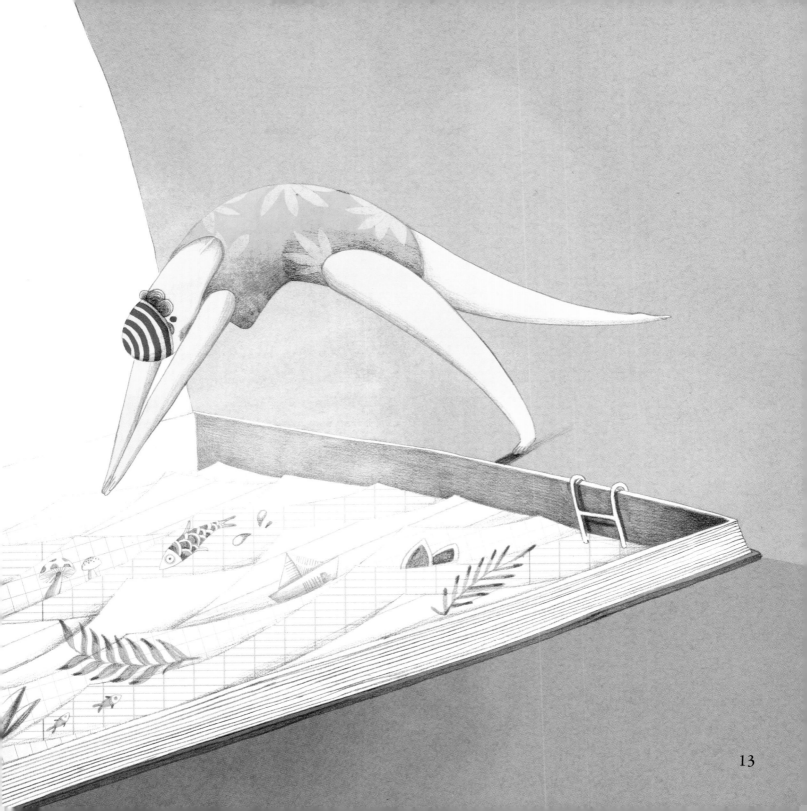

Une grand-maman, moi ? Ouf ! C'est dans longtemps, ça !
Mais je n'ai pas hâte. C'est dangereux d'être vieux.
Quand Vieux-Grand-Papa buvait son thé, j'avais peur.
Il avançait sa tasse tout doucement vers ses lèvres.
Le liquide brûlant faisait de petites vagues. Elles passaient
presque par-dessus la tasse. Je trouvais Vieux-Grand-Papa
vraiment brave d'avaler chaque gorgée brûlante en tremblotant.

Mais ma plus grande peur était de le voir traverser la rue.
Il le faisait n'importe où, en marchant lentement,
et sans se soucier du bruit des klaxons qui hurlaient
sur son passage.

À cinq ans, je ne pouvais pas
encore écrire des mots dans mon calepin.
Alors, j'ai dessiné des petits points
de toutes les couleurs sur la couverture.
Pour décorer et pour cacher les taches.
Après, j'ai ajouté un canard bleu.
J'aimais beaucoup le picoté multicolore
et les canards bleus.

Même si je n'allais pas encore à l'école, je voulais écrire mon nom dans le calepin. Pour que tout le monde sache qu'il était à moi. À moi toute seule. Mon calepin me faisait maintenant rêver. Il me faisait penser à Vieux-Grand-Papa. Et à tous les endroits où il était allé avec son calepin pas picoté.

Papa et maman m'ont aidée. Ils traçaient mon nom en petits traits sur une feuille de papier. Je passais mon crayon par-dessus les traits. C'était facile. Mais dans mon calepin picoté, il fallait que je sois capable d'écrire mon nom toute seule, sans suivre les traits, pour que Vieux-Grand-Papa soit fier de moi.

19

Le jour où Vieux-Grand-Papa m'a vue écrire mon nom dans le calepin,
ça l'a rendu très heureux. Il m'a prise dans ses bras pour me faire voler
comme un avion. Sa mémoire avait oublié qu'il était un Vieux-Grand-Papa.
Son dos est resté bloqué pendant plusieurs minutes. Une fois redressé,
Vieux-Grand-Papa m'a donné un bisou sur le front et m'a dit :
« Je suis très fier de toi, mon petit canard. »

Je dessinais des souvenirs. Les miens. Mais aussi ceux
de Vieux-Grand-Papa. Et il en avait encore beaucoup
dans sa mémoire usée. Elle était tellement usée
qu'elle avait des trous. Des trous par lesquels s'échappaient
les souvenirs. Des souvenirs perdus pour toujours,
parce qu'il ne les avait pas écrits dans son calepin.

Je m'assoyais souvent près
de Vieux-Grand-Papa.
Je lui racontais mes nouveaux
souvenirs que j'avais dessinés
dans mon calepin picoté.
Puis je l'écoutais.
Mais souvent il s'endormait
avant de raconter ses souvenirs.
J'étais déçue.

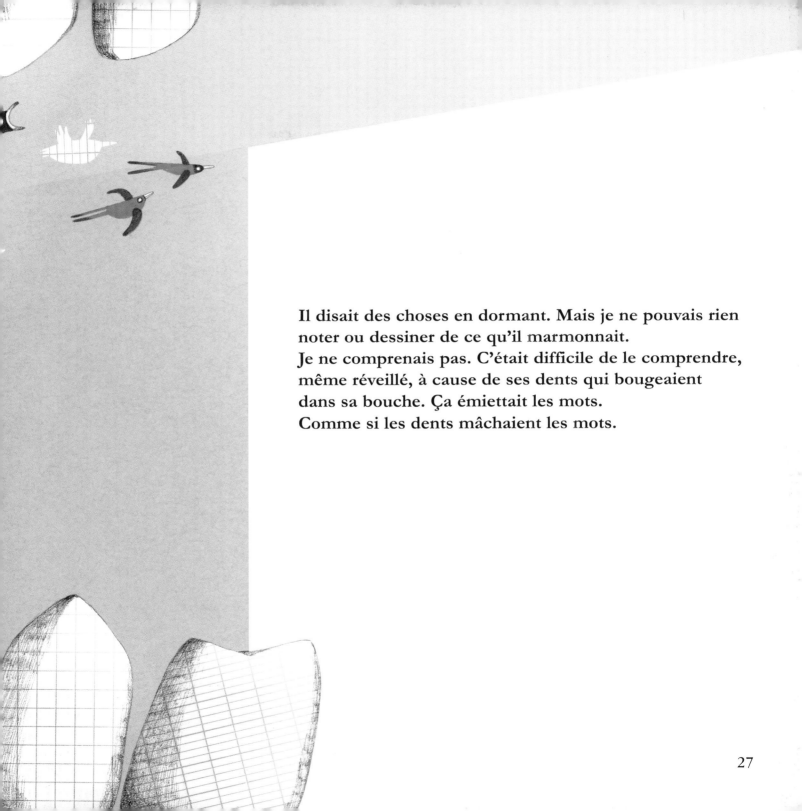

Il disait des choses en dormant. Mais je ne pouvais rien noter ou dessiner de ce qu'il marmonnait.
Je ne comprenais pas. C'était difficile de le comprendre, même réveillé, à cause de ses dents qui bougeaient dans sa bouche. Ça émiettait les mots.
Comme si les dents mâchaient les mots.

Quand il parlait dans son sommeil, je croyais que ses souvenirs
sortaient par les trous de sa mémoire.
Un jour, j'ai décidé que ses souvenirs ne devaient plus passer au
travers des trous. Je me suis assise par terre devant lui,
les coudes sur mes genoux, le menton dans mes mains,
et je l'ai laissé raconter en premier.
Et si ses souvenirs tombaient, j'allais les ramasser.

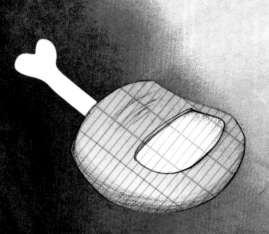

J'aimais les souvenirs de Vieux-Grand-Papa. Je les aime encore.
Des fois, ils sont tristes. Des fois, ils sont drôles.
Des fois, ils sont les deux.

Mon histoire préférée est celle de son ami Jean-pas-d'orteils.
C'était son nom. Son deuxième nom. Il en avait un autre
avant de perdre ses orteils. Mais je ne l'ai jamais noté
dans mon calepin picoté.

Il s'appelait peut-être Jean-avec-des-orteils.

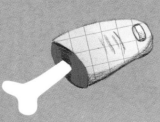

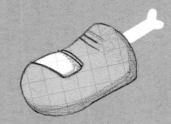

Son ami s'est égaré dans une tempête par une journée
de grand froid. Et il s'est gelé les pieds. Ils étaient tellement gelés
que ses orteils sont tombés. Ses amis ont commencé
à l'appeler Jean-pas-d'orteils. Ça ne lui faisait pas de peine.
Il disait : « Ça aurait pu être pire ; j'aurais pu m'appeler
Jean-pas-de-tête ou Jean-pas-de-cœur. »

J'ai dû utiliser trois pages de calepin pour dessiner
l'histoire de Jean-pas-d'orteils.

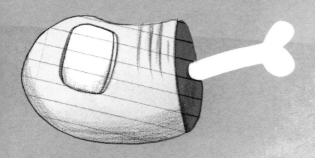

La première fois que j'ai réussi à écrire « Vieux-Grand-Papa Alphonse »,
Vieux-Grand-Papa a versé une larme et il a ébouriffé mes cheveux
de sa main tremblante. Je n'ai jamais été aussi dépeignée
que cette journée-là. J'ai encore la photo dans mon calepin picoté.
Plus tard, maman m'a raconté l'histoire de Vieux-Grand-Papa.
Et j'ai compris pourquoi il était si heureux de me voir écrire son nom.
Vieux-Grand-Papa n'a jamais su écrire. Même pas son nom.
Son papa lui avait donné le calepin pour son entrée à l'école.
Mais il n'est jamais allé à l'école. Son papa est mort avant.
Vieux-Grand-Papa a donc dû travailler très fort à la ferme,
puis dans les fermes des voisins et dans des chantiers de bûcherons,
pour que sa famille ait quelque chose à manger.

Il n'a jamais pu apprendre à écrire.

Aujourd'hui, mon calepin picoté avec un canard
dessus est rempli de souvenirs. Le plus beau,
c'est celui de la page 68, là où Vieux-Grand-Papa
a écrit son nom à l'aide de petits traits.
C'est moi qui le lui ai montré. Il avait 102 ans.

Je l'aimais tant, mon Vieux-Grand-Papa.
Il était gentil. Il savait tellement de choses.
Personne ne sait autant de choses que lui.
Il a fait beaucoup d'efforts pour écrire son nom.
Il voulait que je sois fière de lui.
Mais je l'admirais déjà.

Les lignes de son nom sont un peu croches.
Mais c'est un souvenir aussi, les lignes croches.
Un souvenir de Vieux-Grand-Papa. À la fin
de sa vie, il tremblotait vraiment beaucoup.
Il n'était plus capable d'attacher ses boutons
de chemise ni ses souliers. Il buvait son thé
avec une paille. Il fallait que quelqu'un coupe
sa nourriture sinon elle se répandait partout.

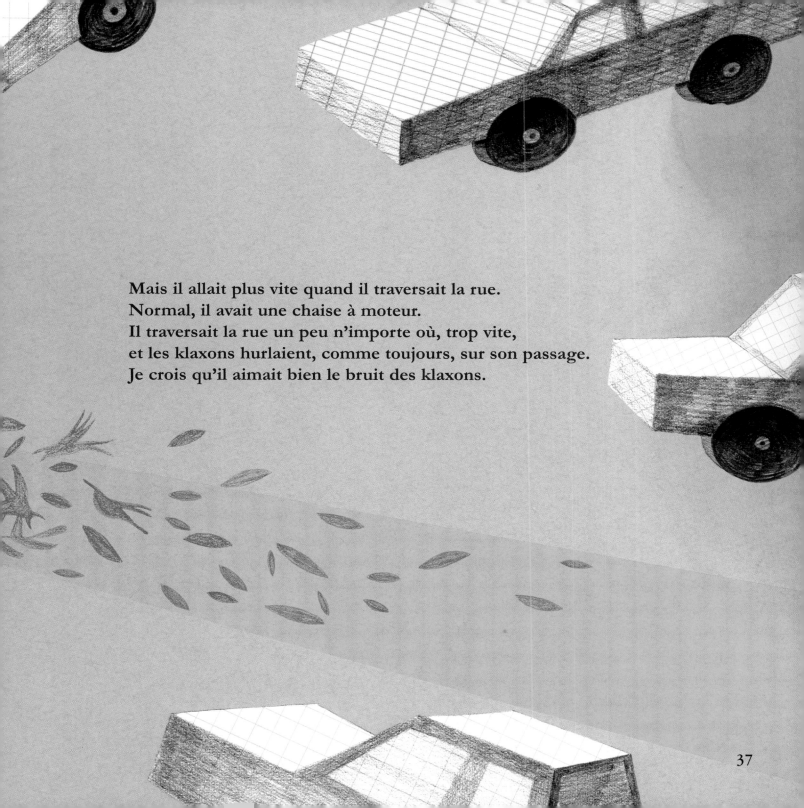

Mais il allait plus vite quand il traversait la rue.
Normal, il avait une chaise à moteur.
Il traversait la rue un peu n'importe où, trop vite,
et les klaxons hurlaient, comme toujours, sur son passage.
Je crois qu'il aimait bien le bruit des klaxons.

Maman parle souvent de Vieux-Grand-Papa.
Elle l'aimait aussi. Elle répète que c'était
une force de la nature, un grand homme.
Je l'ai noté dans mon calepin picoté.

Pour m'en souvenir le jour où je comprendrai mieux ce que veut dire « être une force de la nature ». Et aussi pour rappeler à maman ses paroles lorsqu'elle les aura oubliées. Parce que maman, elle, n'a pas de calepin picoté avec un canard dessus.